Barbara Reid

OÙ VAS-TU, RENARD?

Texte français de
Hélène Pilotto

Éditions Scholastic

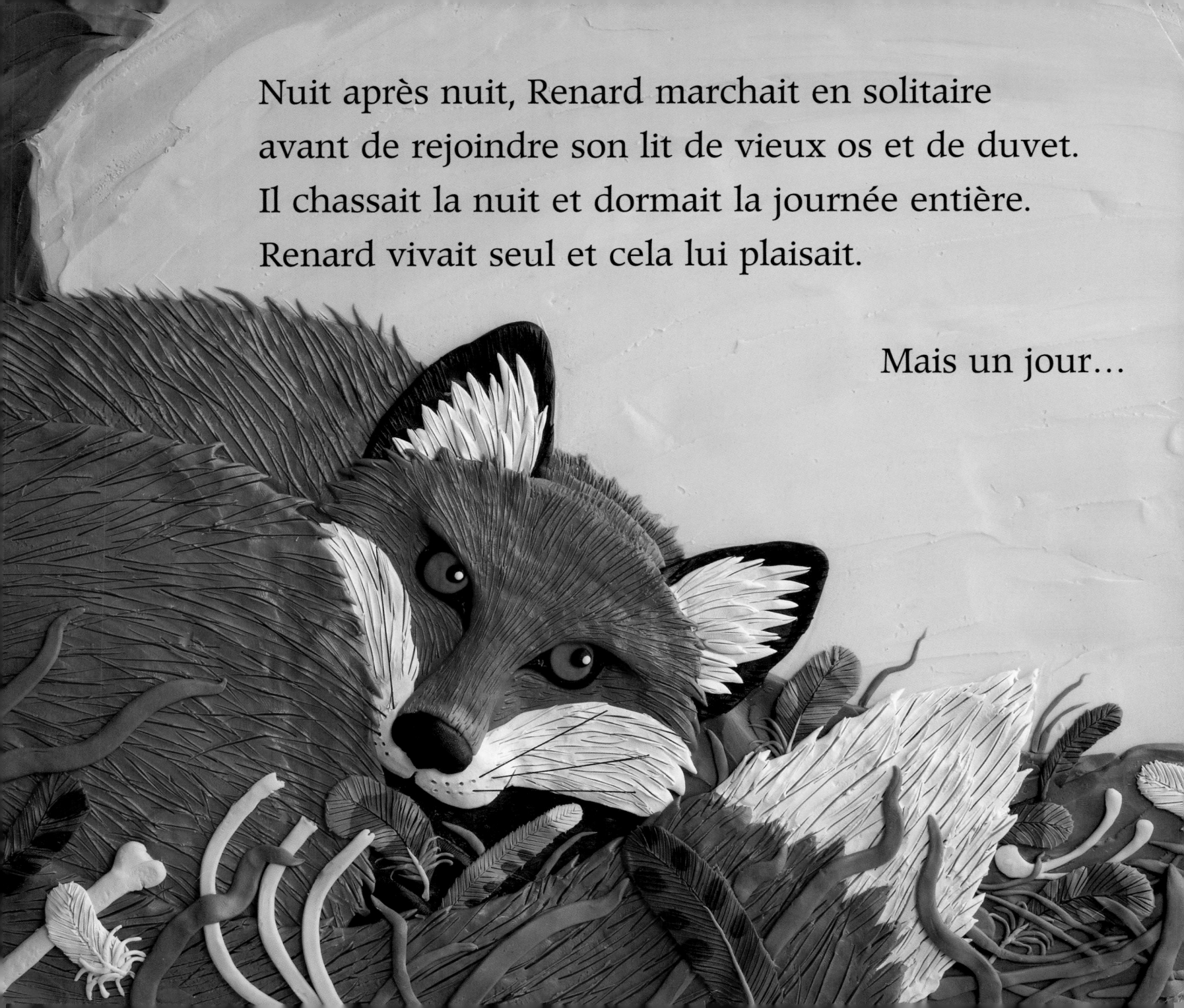

Nuit après nuit, Renard marchait en solitaire
avant de rejoindre son lit de vieux os et de duvet.
Il chassait la nuit et dormait la journée entière.
Renard vivait seul et cela lui plaisait.

Mais un jour…

Renard s'éveilla
et sortit de son terrier.
Il regarda, écouta, renifla.
Quelque chose dans l'air avait changé.

4

– Où vas-tu, Renard? demandèrent deux corbeaux.
Pourquoi te lèves-tu si tôt?

Renard vit deux souris lui passer sous le nez,
puis deux taupes manquèrent de le faire trébucher.

Vinrent ensuite deux tortues, et deux lièvres aussi.
Et enfin… surprise! deux énormes grizzlis!

Un porc-épic arriva derrière eux…
puis un autre qui faisait la paire.
Voyant Renard, un loup dit :
— Si tu veux, tu peux te joindre
à nous, mon frère.

« Une promenade, je veux bien,
songea le renard solitaire,
mais au cas où l'un d'eux aurait faim,
je vais rester loin derrière. »

Renard marcha tant, qu'il en eut les pattes endolories. Il ne s'était jamais aventuré aussi loin de toute sa vie.

— Où vas-tu, Renard? ricanèrent les corbeaux.
L'un secoua la tête. L'autre tourna le dos.

Quand les animaux s'accordèrent enfin du repos,
ils se blottirent ensemble pour être bien au chaud.
– Ne reste pas à l'écart, dit Kangourou à Renard.
On t'a gardé une place près des léopards.

C'est ainsi que des bêtes à plumes, à écailles et à poil
s'endormirent toutes ensemble à la belle étoile.

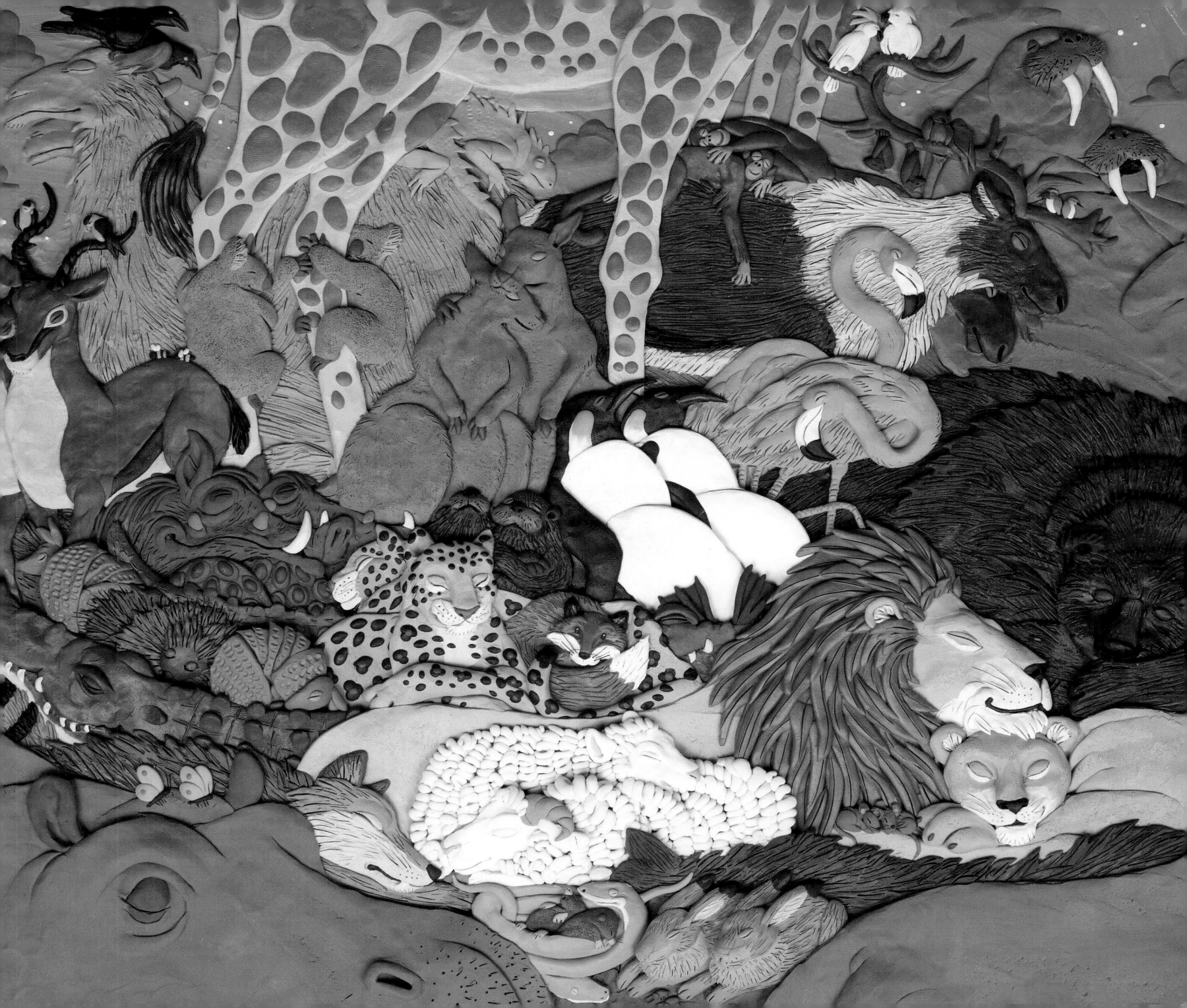

Aux premières lueurs, elles reprirent leur chemin.

L'endroit n'était pas sûr, il fallait avancer.

Le vent était mauvais, le ciel était chagrin.

Renard se dit qu'il ferait mieux de les accompagner.

18

Partout où les animaux passaient, dans chaque nouveau lieu,
d'autres les rejoignaient, toujours deux par deux.

Après avoir traversé une contrée morte et déserte,
ils virent une cité en ruine se dessiner à l'horizon.
Renard regrettait de plus en plus sa forêt verte.
— Où vas-tu, Renard? lancèrent encore les corbeaux à l'unisson.

Lentement, les animaux se mirent en file.

— C'est trop long, glapit Renard, qui était affamé.

Il partit arpenter les rues de la ville,

mais s'y perdit en cherchant quelque chose à manger.

Il entendit un cri. Quelqu'un avait appelé?

Cela venait d'une cage sur un étal du marché.

Deux colombes appelaient, pauvres prisonnières :

— Viens nous aider, Renard, ne nous laisse pas derrière!

Renard n'hésita pas, il savait bien quoi faire…

Il ouvrit la porte
et libéra les prisonnières!

Elles s'envolèrent en le remerciant d'un roucoulement.

– À nous de t'aider, Renard. Suis-nous maintenant!

Grâce aux colombes qui le guidaient du haut du ciel,
Renard sortit sans peine de ce dédale de ruelles.

Au sommet d'une colline, juste après un virage,
les animaux atteignirent enfin le but de leur voyage.
Au milieu de la plaine se dressait là-bas
une chose étrange que Renard ne reconnaissait pas.

— Est-ce pour cela que nous avons fait tout ce chemin?
Une voix retentit alors :
— Ah, te voilà enfin! Je t'attends depuis longtemps déjà!
Renard s'arrêta net. Son cœur bondit de joie.

Pendant que Noé accueillait chacun des animaux,

la pluie se mit à tomber à flots.

— C'était donc là que tu te rendais, Renard! crièrent les corbeaux, qui disparurent en un clin d'œil dans le bateau.

À mes professeurs

— B.R.

Ce livre est imprimé sur du papier recyclé à contenu postconsommation de 10%.
Les illustrations ont été créées à partir de pâte à modeler, façonnée et pressée sur un carton à dessin.
Elles ont ensuite été photographiées par Ian Crysler.

Le texte a été composé en caractères Poppl-Pontifex BE.

Catalogage avant publication de Bibliothèque et Archives Canada

Reid, Barbara, 1957-
[Fox walked alone. Français]
Où vas-tu, Renard? / Barbara Reid;
texte français de Hélène Pilotto.

Traduction de : Fox walked alone.
ISBN 0-439-94911-4
I. Pilotto, Hélène II. Titre. III. Fox walked alone. Français.

PS8595.A796F6914 2006   jC813'.54   C2006-901594-5

Édition publiée par les Éditions Scholastic,
604, rue King Ouest, Toronto (Ontario) M5V 1E1 CANADA.

7 6 5 4 3 2   Imprimé au Canada   07 08 09 10 11